W9-BTF-533

INFANTIL
ALFAGUARA

DONDE VIVEN LOS MONSTRUOS

DONDE VIVEN LOS MONSTRUOS

TEXTO E ILUSTRACIONES DE MAURICE SENDAK

PRIMERA EDICIÓN: 1984
UNDÉCIMA REIMPRESIÓN: MAYO 1995

Todos los derechos reservados.
Esta publicación no puede ser
reproducida, ni en todo ni en parte,
ni registrada en, o transmitida por,
un sistema de recuperación
de información, en ninguna forma
ni por ningún medio, sea mecánico,
fotoquímico, electrónico, magnético,
electroóptico, por fotocopia,
o cualquier otro, sin el permiso previo
por escrito de la editorial

Título original: *Where the Wild Things Are* • Traductor: Agustín Gervás • Copyright © 1963 by Maurice Sendak © 1984, Ediciones Alfaguara, S. A. © 1986, Altea, Taurus, Alfaguara, S. A., © 1992, Santillana, S. A., Elfo, 32, 28027 Madrid. • Impreso en España por: ORYMU, S. A. • ISBN: 84-204-3022-6. Depósito legal: M. 14.136-1995

La noche que Max se puso su traje de lobo y se dedicó a hacer faenas de una clase

y de otra

su madre le llamó «¡MONSTRUO!»
y Max le contestó «¡TE VOY A COMER!»
y le mandaron a la cama sin cenar.

Esa misma noche nació un bosque en la habitación de Max

y creció

y creció hasta que había lianas colgando del techo
y las paredes se convirtieron en el mundo entero

y apareció un océano con un barco particular para él
y Max se marchó navegando a través del día y de la noche

entrando y saliendo por las semanas
saltándose casi un año
hasta llegar a donde viven los monstruos.

**Y cuando llegó al lugar donde viven los monstruos
ellos rugieron sus rugidos terribles y crujieron sus dientes terribles**

y movieron sus ojos terribles y mostraron sus garras terribles

hasta que Max dijo «¡QUIETOS!»
y los amansó con el truco mágico

de mirar fijamente a los ojos amarillos de todos ellos sin
pestañear una sola vez y se asustaron y dijeron
que era el más monstruo de todos

y le hicieron rey de todos los monstruos.

«Y ahora», dijo Max, «¡que empiece la juerga monstruo!»

«¡Se acabó!» dijo Max, y envió a los monstruos a la cama
sin cenar. Y Max el rey de todos los monstruos se sintió solo
y quería estar donde alguien le quisiera más que a nadie.

**Entonces desde el otro lado del mundo
le envolvió un olor de comida rica
y ya no quiso ser rey del lugar donde viven los monstruos.**

**Pero los monstruos gritaron «¡Por favor no te vayas —te comeremos— te queremos tanto!»
Y Max dijo «¡No!»**

Los monstruos rugieron sus rugidos terribles y crujieron sus dientes terribles y movieron sus ojos terribles y mostraron sus garras terribles, pero Max subió a su barco particular y les dijo adiós con la mano

y navegó de vuelta saltándose un año
entrando y saliendo por las semanas
atravesando el día

hasta llegar a la noche misma de su propia habitación
donde su cena le estaba esperando

y todavía estaba caliente.